Tomoko Ohmura

Pero, ¿por qué no avanzan?

¿Qué pasa?

El triciclo

nº 50

¿Sabes qué es?

No.

¡Quiero ir a verlo!

¡Yo también!

¡Espérame!

El patín
nº 49

El monociclo
nº 48

El patinete
nº 47

El monopatín
nº 46

El andador
nº45

El cochecito
nº44

El carrito
nº43

La silla de ruedas
nº42

¡Eh! ¡Despacio!

¿Qué podemos hacer?

El sidecar

n°37

El automóvil

n°36

Anule todas mis reuniones para hoy.

El camión

nº35

El automóvil clásico

nº34

La autocaravana
n°33

La hormigonera
n°32

El autocar
nº 29

¡Oh, los cerditos!

¿Dónde... dónde?

¡No los veo!

El bus escolar
nº 27

El camión de ganado
nº 26

¡Madre mía!

El carruaje
n° 25

El tractor
n° 24

La segadora
nº23

La camioneta de correos
nº22

La camioneta de reparto
nº21

Prefiero andar...

Lo siento mucho.

TAXI

El taxi

nº 20

Toma una crep bien caliente.

クレープ

El food truck

nº 19

El bibliobús

nº 18

El camión W.C.

nº 17

Estamos retransmitiendo
en directo...

LIVE

El camión de basuras

nº 16

El auto de la tele

nº 15

El auto emisor

nº14

La camioneta de socorro
nº 13

El camión cisterna
nº 12

¿Dónde es el incendio?

¿hay heridos?

El camión de bomberos
nº 11

La ambulancia
nº 10

Emergencia, repito, emergencia...

El camión de la Cruz Roja
nº9

La moto de policía
nº8

El coche de policía
nº7

El camión cesta
nº6

El camión volquete
nº 5

La apisonadora
nº 4

El buldócer

nº3

La excavadora

nº2

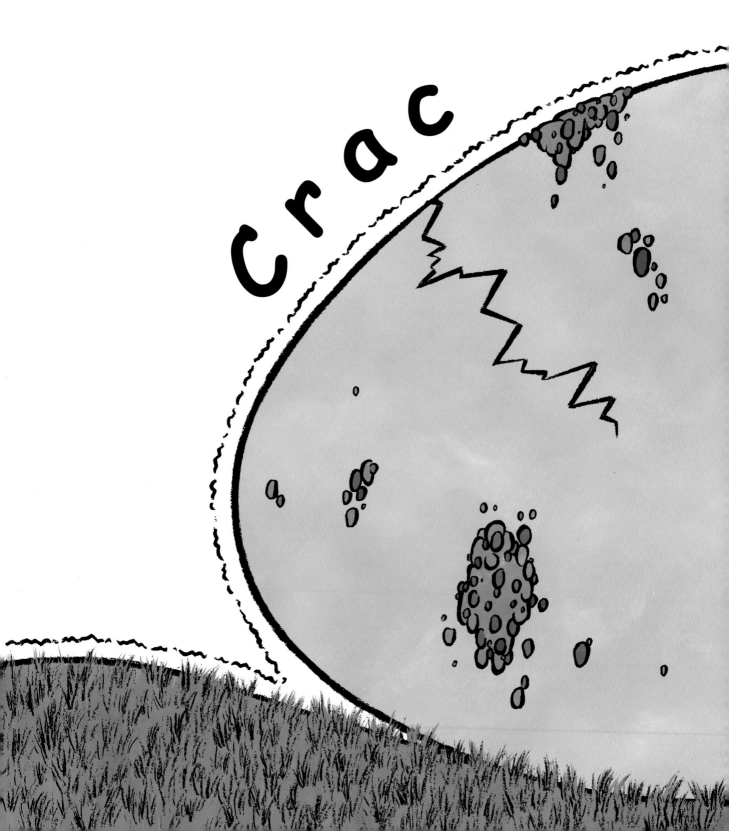

Vehículos

1	La grúa	26	El camión de ganado
2	La excavadora	27	El bus escolar
3	El buldócer	28	El camión del circo
4	La apisonadora	29	El autocar
5	El camión volquete	30	El remolque
6	El camión cesta	31	El camión cisterna
7	El coche de policía	32	La hormigonera
8	La moto de policía	33	La autocaravana
9	El camión de la Cruz Roja	34	El automóvil clásico
10	La ambulancia	35	El camión
11	El camión de bomberos	36	El automóvil
12	El camión cisterna	37	El sidecar
13	La camioneta de socorro	38	La motocicleta
14	El auto emisor	39	El escúter
15	El auto de la tele	40	El rickshaw
16	El camión de basuras	41	La bicicleta
17	El camión W.C.	42	La silla de ruedas
18	El bibliobús	43	El carrito
19	El food truck	44	El cochecito
20	El taxi	45	El andador
21	La camioneta de reparto	46	El monopatín
22	La camioneta de correos	47	El patinete
23	La segadora	48	El monociclo
24	El tractor	49	El patín
25	El carruaje	50	El triciclo

Corimbo